ティーバッグの雨

田村ふみ乃歌集

Fumino Tamura

短歌研究社

ティーバッグの雨　目次

ティーバッグの雨

乱反射

打ちつけの雨は中国紅茶《ラプサンスーチョン》の燻香《くんこう》ふくむ梅雨のはじまり

托された魂に似て嘴太烏《はしぶと》の離したピンポン玉が弾めり

漆黒の翅をひろぐる蝶を飼うホルモン狂える甲状腺に

テーブルの百合の雄蕊を取りのぞきやさしき均衡君と保てり

フランスパンの気泡みたいなおはようを冷めたスープにかき混ぜている

ピラミッド型ティーバッグをゆらしつつ同期の昇進聞く午後三時

ミッキーの顔のクッキー割れている産休明けの人のデスクの

うす雲の奥にあるのか昼の月「薄謝」に執筆断らるるも

パソコンに〈悔い改めよ〉と残しいる遅筆の人は書斎へ戻らず

コピー機に基礎体温表忘れいる先月結婚せし後輩は

産む友にやおら格付け低くされカスピ海産キャビアを語る

黒蜜がうつしみの裏へたまりくるくずきりつめたく小雨のやまず

鼻先を象のごとくに触れあわす君の匂いをさぐる暑熱に

焼酎が運ぶ眠剤心地よく堂島川のねむれる真珠

三年の執行猶予経る君の満つるグラスが乱反射する

氷には薄められない月かげをうすきグラスに淋しくとかす

しろがねの胎

通勤の電車はいずれ海に出る人身事故を伝える車掌

コーヒーの輪染《わじ》みを指でぼかしつつデスクに想う男の唇《くち》を

かけ合うべき愛語のあらぬ日曜に限りある銀の糸をもつ蜘蛛

木綿糸のごとき赤ちゃん殖えてゆくミミズ堆肥容器《コンポスト》のなかの蚯蚓の

around thirty《アラサー》の後半ベビーラッシュなり凍結卵はなべて孵らず

生きもののいない水槽婦人科のエアーポンプの水泡《みなわ》砕けり

かの日より前の三陸鯖水煮《さばみずに》　缶を空ければしろがねの胎

妖精《フェアリー》のはだかを尖ったペンで描く汗をかかざる真夏の夜は
ワイパーが長き間合いをおきながら軋む沈黙ひろげるように

玉虫の頭《ず》の転がれるベランダに腕組む君の影うす寒し

紺色のTシャツの裾のびきりて型崩れしない夏を欲する

からみあう揚羽の影がちちふさを一瞬まさぐる暑き白昼

渇きたるヒールの音に起き上がり孕みし猫が遠のいてゆく

深更のコンビニそこのみふくよかな光のありてあのひとが待つ

終電の優先座席にもたれくる魚を捌いた匂いする女《ひと》

肌に漂う

てのひらに食いこんでいた屑ダイヤ　フランスパンの綺麗な朝は

悪口に付きくる笑い声だろうエレベーターの開く瞬間

ローソンの雑誌の棚の裏側に蜻蛉《あきつ》の羽音が弱まりゆけり

三度目の早期退職勧告を拒む上司のマスクは武装

それとなく『トマト栽培』置かれたる上司のデスクは次を生くらし

ミャンマーの真白き星の人たちが旗なびかする土曜のビル群

高周波すず虫のなくその声も拾うすべなきスマートフォンは

切っ先を頬に突きつけくる風が壁の君との写真を剝がす

昨日《きぞ》死者のありし交差路渡るとき路上ライブの縦笛《ケーナ》が悼む

西洋梨《ル・レクチエ》の丸みを撫ずる指先が小さき凹みに何をか感ず

闇を浮くしろき山茶花こぼれ落つわが名の輪郭くずす声せり

右耳の下に寄せいる黒髪をゆったり束ねる銀の髪留め《バレッタ》

オフィス街の公園になき石ころを投げるふりして少女に還らん

くちびるは真っ赤な浮き輪夜の海を愛しきひとの肌に漂う

ただ横に座っただけと言うひとが牡丹の奥のまことの花蕊《かずい》

三日月の右がお細くなりゆくもわれにはわれの待つ顔がある

育つ孤

パパママの出てくる絵本は選ばない児童養護施設の土曜日

いじわるな力のままにつぶしたる風船蔓《ふうせんかずら》の種が飛びだす

「目と口を種に描いたよ」笑わざる猿に似ている児の目がゆるむ

保育士の知らぬ涙を月二度のボランティアのこの手にぬぐう

遠足に行けなくっても日記には今日のベリーグッドを書こう

図書館の本を拭きいる児の赤きランドセルに揺るる消毒液

簡単に捨てられたって言うけれどひとりの憐れ《ミゼラブル》こそ愉しき

シネラリアの響きを嫌う祖母なれど師走半ばは寝間で咲かする

西行のごとくに老いて山桜の咲き満てる日に逝きたしと言う

綿《めん》ゼロの下着にセーター貼りつきて今日一番の力で脱ぎぬ

ポケモンの凧が砂場に風を待つ飛べないことは弱気じゃないぞ

小三は算数のまる多いときだけ見せにくるおやつの前に

鳰の子の一羽消えたり親鳥のひと鳴き鋭《と》くて静かに潜る

母子暮らしの友が育てる〈孤〉のあらんメールに絵文字ばかりならべて

「もらったの、生活保護で」と自慢する友が裾あげ見せる靴下

制服にズボンを選ぶ女子のいて春来ぬスカートはきたき男子か

鍵束にズボンずり落ち日光の猿軍団が改札をゆく

大阪のアメリカ村で逃げまわる猿撃たれても檻を拒めり

底光る河

「中卒でやっていけるかな」「大卒のホームレスの話をしようか」

給付型奨学金を受けられず職失うを恐るるわれは

賢《さか》しらに奨学金を口にする人いてその場を立ち去らんとす

寒暖差十度を超ゆる日菖蒲湯に百をかぞえて五人をぬくめる

ランドセルは〈タイガーマスク〉の贈り物新入生のおらぬ施設にも

背に軽きランドセルを眠らせる倉庫に赤き色あせてゆく

水豚を〈カピバラさん〉と抱く児らのサンリオショップは底光る河

地下鉄が地上を走る瞬刻に投石をせし児と向き合える

暗幕の上がれば影ぞ極まりてラーマの猛き影絵芝居《ワヤン・クリット》

孵らざるひとつが蒼くふくらめり鳥の羽振《はぶき》の浮立つ夜更けを

まずしかる君の寝息の隙間から明けきたるらし白湯《さゆ》を注ぎぬ

サヨナラアーチ

なつ草に埋もるる朱き滑り台　日傘の母は美しかった

U字型磁石のように抱き寄せて生母の愛より強き磁力あれ

乳あまる父などおらず泣く声を殺めるゆえに打つか子の頰を

若月が眩しいからと十七歳《じゅうしち》の見ている出会い系サイトあり

台風のあとを消えざる雲重く明日は進路を訊かれると言う

ヤクルトの底を短きストローで啜りぬ言葉で傷つけぬよう

階段の下でひそひそ話する女児の嘴《くちばし》尖りつつある

サンダルをはみ出す少女の小指まで日焼けしているおそ夏の光《かげ》

甲子園球場の蔦持ち帰るわれにサヨナラアーチよあれと

「誕生日はまるいケーキって言ったのに」ケンタの高めの球取りこぼす

勢える琉球朝顔ローソンに彩度を上ぐる青きマニキュア

食べかけのカップアイスに君の指跡が凍れり指を重ぬる

鏡面のふかくに映るわが部屋の夕空よぎる無人探査機

折り鶴が増えてゆくのは治らないことと笑っていたっけ祖母は

〈0葬《ゼロ》〉をのぞみし祖母の骨を撒く波濤が夕陽を押し戻しきぬ

鍵はもうかからぬわれのランドセルに祖母の印鑑、通帳ありき

理由

マンゴーの切断面ぞ美しきペティナイフが満月を裂く

幾千の語を瞬間に消し去れど指あと残すスマートフォンは

あいまいな別れの理由そのままに君と酔いたる悪王子町《あくおうじちょう》

ふたすじの川の交わるその先の燻《けぶ》る朝《あした》に指が触れあう

ワルシャワのコーヒーカップの赤深く閉ざされていた頃の熱《ほめ》きや

カカオ分九十九・九パーセントわが血より濃きチョコを贈りぬ

北よりの風に千切るる雲ほどに身軽く明日を流れてみたし

浅き水辺に

黄の鎌をうす日に透かしカマキリは駅の罅割れベンチに生まる

置き去りの赤ちゃんあやす終電の優先座席に寒き月かげ

独り身の友のプリーツスカートに逃げた仔猫の煌めく白き毛

鐙坂《あぶみざか》にさしかかるころ降り出しぬ三十路は恋の噂に濡れて

さざ波のなりにほぐるる妻有《つまり》蕎麦夏の余波《なごり》のひと日に溺る

どぶろくの甘き酸味に覚めおりぬ話の間《あい》の美《は》しき静寂

白菊の横がお凜と活けられて月の光に愛語がささる

暗ぐらと水の溢るるマンホール月の裏面に謐《しずか》なる海

約束の時は過ぎゆくフラミンゴ浅き水辺に片足で佇つ

微塵雪

早旦の眩《まばゆ》さ震わす蟬声が浅き眠りを不確かにする

濃き樹液吸うカブト虫の心地して朝いちばんの青汁をのむ

正面衝突、時速六十キロ。黒き揚羽蝶《あげは》がまぶしく顕《た》てり

生きる世のひかりを限りなく透す透百合《すかしゆり》咲く友の訃の日を

素足には靴ずれ防止の絆創膏喪服の女と死者を悼めり

這いそめし宵より戻る猫の仔の背《せな》がはつかに濡れているなり

積もるもの見ていたき夏、微塵雪　スノードームのスパンコールを

赤ちゃんの泣く声星を遠くする無字の短冊吊るすベランダ

ひろがれる花火のあとの静寂をためらいもなく蟬が乱しつ

白蛇信仰

夏の陽を四方《よも》に吐きつつ銀色の配達自転車坂をのぼり来

白昼夢目覚めた風がほどきいる麦わら帽子のレースのリボン

太陽の芯を突くようひらきたる母の日傘へ入りくる蜂も

いつしらず崩るる踊りの真ん中で母が歌うは〈河内おとこ節〉

板張りの階段ひごと軋ませる母の足裏《あうら》や百獣の王

住みしことなきふるさとを応えれば錦帯橋をその人は言う

鱗雲見ながら母は語りけり白蛇を崇む美しき町を

かがり火のうつる川面を鵜の首は引きよせられて吐く解脱感

赤き地のプノンペン

赤土にまみれた細き指さきがスカートまくり紙幣を求む

ジーンズの汗でひらかぬ百リエル瞬時にひろぐる少女の手わざ

飛び交えるしじまを無数の蝙蝠の音叉が乱す方向感覚

日本語を学べる友が大皿の羽虫の醤油和えでもてなす

唇に貼りつく翅を舐めとりて誰も語らぬ大量虐殺《クメール・ルージュ》を

囚われた蝶の息づき羞《やさ》しくも開かざる掌《て》に美しき乱

地下ふかく沁むる歳月すさまじきスコールひたぶる浴ぶる人らは

赤き土を〈日本橋〉に巻き上ぐるバイクにまたがる点滴の男《ひと》

空港の小暗き入口銃口を首相警護の兵に向けらる

あおきＤＮＡ

軒先へつるした籠に右まぶた時折とざす青き鳥かな

パンジーのＤＮＡより咲かす薔薇あおあおとして空が褪せゆく

中空に重《おも》りつつ雲ながれたり一度重ねし軀の重み

予報にはなかった夕立ベランダに結わえしままの乾燥薔薇《ドライフラワー》

湿らせて頁めくりし指のはら電子書籍をひいやりすべる

夜をこめてスマホに読める『草枕』不人情なる惚れ方をして

美しき正面見せてぼうたんが朽ちはじめたる左がおより

風の抜け路

足萎えし父の背中は識っている夏のわが家の風の抜け路

髪ほどに白くはならぬ父親の陰毛見ぬよう紙パンツ換う

枯れ草のかすかに甘き匂いして脂気のなき父の背を拭く

勇ましきもののすがたに凋れゆけり両翅挙げた働き蜂は

病む人の目はどこまでも交われる飛行機雲を窓より見つむ

三時間おきに替えいる尿瓶には父のわずかな温もりがある

病室の夕日のなかに吊るされてヘリンボーンのジャケット遺る

眉間を濡らす

閉じるほどふるえる唇熱をおぶ遠雷に鳴るうすき玻璃窓

短くも初めて編みしマフラーを柩の繊《ほそ》き首元におく

このへんに顔があったと濡れながら父の柩に傘かざす母

さめざめと眉間に雨をはしらせる母と悲しみを分かちあいたり

晩秋をけざやかにせる昨日《きぞ》までを琉球朝顔一輪のこし

月ですら縮みつつありたらちねの母の背中の丸まりゆくも

くびき

穴のなきドーナツを売るワゴン車を取り巻く女の最後尾に立つ

色を売る女のごとき双眸を持ちて先輩昇進したり

何なさば〈活躍〉なのか乱世の女武将のドラマの続きに

加速する女性車両の窓を打つ雨がしだいに追い詰めてくる

花束のつぼみ眠れるひとの膝閉じられて夜をひらくガーベラ

人の輪にうまく入れずコンパスの幅をかえつつ円を重ぬる

重力のくびきをもたぬ熱帯魚むじゃきに泳ぐネオンカラーに

残業と軽くわらえば後輩にうながされいる定時退社を

木枯らしの吹き溜まりなきオフィス街パンの袋が足にからみつく

給料日前の休日列に入る黄金《こがね》のごとく揚がるカレーパン

寒色の月

パンの耳切り落とすよう落とせないうわさ話にそばだつ耳を

かく迫りきし凶事《まがごと》を思い出す赤き裂け目が啓《ひら》く夕ぞら

書き損じし履歴書破る寒色の月よりうすき灯りのしたで

ヒゲのなきガラスの猫に凍《し》むる光《かげ》夜すがら瑕を浄めんとせり

ビル風が溜まるばかりのブラウスの裾のドレープ重たき朝の

いまだ冬の双眼ゆえに沁みてくるオフィスの窓を反射する日が

野良猫に餌を貢げる路地裏に独り通いて桜ほころぶ

告げたりぬは

春昼《しゅんちゅう》をぬるき甘酒ふるまわれ花なき枝の名札ながむる

満々と甘酒そそいだ盃を桧《ひ》扇《おうぎ》失くせし女雛と交わす

甘き香のドンペペハニーとう豆を挽いてもらいき〈小川珈琲〉

罅のあるコップの裏の憂いすら消す〈マリメッコ〉のテーブルクロス

さくらからさくらへ渡る目白らは花いつくしみ蜜のみ奪う

花に飽きた男の背中追いかけてくだる円山公園の坂

クローンの染井吉野は実をつけずいずこへ散るや夜陰にまぎれ

告げたりぬことあるらしき横顔を見つつ正面通《どおり》をあるく

たちまちに惚れてしまえりやや尖る〈会津娘〉を切子に差して

あかつきの色を小鉢に盛りつける錦《にしき》で求めし紅大根の

保津川の一番船に乗りこみてかたき飛沫《しぶき》を浴びてくだれり

春の嘘

ひと月を施設休むと目をそらす児らは廊下が振りだし地点

芽のついたばかりの枝を切り落とす少女に訳を問いかねている

ろうそくを吹きけした児がその刹那見せる瞳の底のくらさを

茎の汁で汚れた女児の中指の白詰草のまぶしきゆび輪

ちちふさのなりの甘食《あましょく》もてあそぶひとさし指をやさしく拭う

いつよりか狭まる十四歳《じゅうし》の双瞳《そうどう》に春の砂塵が吹き荒れており

亀鳴くを試さんとして陽だまりに訊かれるあしたママは来るかな

溢れたる目薬拭い去りしのち喉《のみど》に苦しひとつ春の嘘

空が余る

ただ碧き空は余りてわれの子でなき児と夫でなき人といる

階段の踊り場で泣く児の言わぬ脚引っかけた牝馬《ひんば》らのこと

ポケモンのお面を拾う女の子目もとのひびが泪をかくす

脱ぎ捨てた少女の仮面　中三が彼との一夜を真顔で語る

セーラー服に豹柄のシャツのぞかせて街でいかなる狩りをするのか

大人びたシフォンのブラウス遠白くなる改札に十五歳《じゅうご》の後姿《うしろで》

施設出て鉄削るという十六歳《じゅうろく》の瞳にうつれ月夜の虹よ

波寄するみぎわなれども砂山をともに築きし児らは去りたり

光をためる

自販機のあかり溶けゆく明け空にジョギングシューズの紐を結べり

半熟のオムレツとろっとながれだす束縛のなき日曜の朝

十月を咲けるひまわり伸びるほど重心くずして種をこぼせり

てのひらに愛おしむあまり捥《も》げてゆくトノサマバッタの鋭角の脚

うす暮れの郵便受けの底ふかく一通の影掴まんとする

すがりつく電灯の傘に黄金虫、消灯。明るき街へ飛びされ

二千円札を財布に見せる人琉球グラスに光をためる

したたかに酔いて散り敷く木犀の花踏むヒールの音やわらかし

この国の五五〇万台の朔月《さくげつ》をまた灯る自販機

栗色《マルーン》の風

マンションのエレベーターに点灯すペットボタンに哀しげな犬

ベランダに干したるシャツの赤と黒めぐる蜻蛉は身の色選ぶ

孤立する五指を軍手に握りしめ鎌もて払う巻きつく蔓を

暮れなずむほどふくらめるりんどうの花かげ人の孤影のごとし

酔いしれる〈スーパードライ〉の飲み口に止まりいる蚊と初秋の夜を

止めどなく明滅をする街灯のもとへ吸い寄せらるる大蛾か

不機嫌な声を根こそぎ吸い上げて大楡の葉のこすれ合う音

ハロウィンの仮装姿の帰路の夜ショーウィンドウにサンタ現る

霜月の一週目のゴミ集積場虚ろな目をしたかぼちゃがならぶ

グリーンレモンの香に染まりいる右のゆび弥勒菩薩のごとく頰に当つ

栗色《マルーン》の風が山道吹きぬけて空っぽの毬に足をとらるる

紅き闇

わが赤きブーツに足を押し込んで母は男と紅葉狩へ行く

とびっきりおいしくないからいいんだよ母のつくれるミートソースは

幾重にも枝の絡める大銀杏月下に描ける無限の影を

咲きほこり菊花を零す古伊万里の金彩欠けた大皿の縁

霜寒き流星群に母祈る甲状腺を病むわれのため

冬の廊ストレッチャーが音立てて献体者なる隣人運ぶ

横たわる裸身のごとき洋梨がほのかにかおる夜の更けるほど

四囲紅く闇を繁らす葉のうちにポインセチアの花言葉あり

冬晴れをさびしがらせる雪蛍　父の記憶のごとく漂う

ゆがみ

極月の夜を往還すゴイサギの声が現世のあわいをぬけて

仄暗き部屋の窓辺のシクラメン歪んだ愛のかたちにも似て

夜気ゆがめ玄関に待つ来ぬひとを剣山隠す短き薔薇が

面構えの荒々しさを見比べて新巻鮭の小さきを買う

夕ざれの色を充たして手底《たなぞこ》へ転がるチェッカーベリーひと粒

玄関も年をとるらし母が立つ来向かう年の入口なれば

巻き寿司の切り口にこそ旨さあり庖丁を研ぐ母の暁闇

息をする影

仰ぎいる新成人がかざす手のたもとに金の蝶が閃く

人口は減少するも椋鳥の大群見上ぐる冬雲の街

君の背を黒点として過ぐる鳥見えざる月の夕ぐれどきを

剝がれかけた大正浪漫を映しだす湯屋の鏡のマジョリカタイル

さ夜ふけて誰待つとなきアジサイはあじさいのままにすがれてゆけり

直進をただ許されて立ち竦むホームの端の点字ブロック

われ譲る席へ三人《みたり》の小母さんがひと駅ごとに譲りて座る

ピカソ展見終えしのちに真似てみる〈パンを頭にのせた女〉を

冬ざれの気配に黙すひとつ星浅く息する影を曳きおり

筆先がかわかぬうちに自画像のまなこへ自浄の藍色をおく

空を撃つ

耳底に消えざる君が誠実な拳で寒き空を撃つ音

降りかかる無音の雪を聞きわける冷たき耳が沈黙を聴く

旅鴉日暮るる町の電線にわびしからざる声をひびかす

ころがれる蒟蒻玉のように坂くだりて古びしおでん屋に入る

前脚の一本あらぬ揚羽蝶葉のゆるるたび止まりなおしぬ

問い詰めるかわりに君が乱暴に引き寄す椅子の脚を鳴らして

月光がつぶさにさらす床の疵動線みじかき二脚の椅子の

あの夏の海へつづかん白線は舗道に所どころ消えても

コンビニの手提げを短く持ち直すおでんの汁の波打つ重さに

弓なり月

傷みいる翅を砂地にふるわせて目玉の紋様見する孔雀蝶

全盲の人が摑めるわが腕のほどかれてのちの寂しさを識る

ゆうやけを映せる海を渡るとき鳥の胸もとはつかに染まる

形よき蟹のまなこは開かざり瞬かぬその眸ねむらす

上あごへ貼りつくうすき三陸のわかめの香りをしばし留める

猟人《さつひと》の弓月《ゆつき》を思う右眉の描きがたかる三面鏡に

火と風が白き山野を焼き尽くすまたなき夜明けを惜しむ交わり

瞑《ねむ》らざるフランス人形そのながきまつ毛に弾く弓なり月を

やわらかき雨

廃校となりし学び舎　半月のかたむく光《かげ》に暗ぐらと建つ

解体の資材がのこる校庭に激しく共鳴する春雷が

校庭であそんだリスの忘れもの堅き殻より木の芽の出づる

やわらかき雨こそ降らせ巻きしむるヘゴゼンマイの重き頭上へ

濃やかなミュシャの描ける巻き髪のごとくわが髪ゆたかならしむ

首筋に散れるはなびら鮮烈な色を思わす灯りなき道

月のなき川照らすらん集魚灯シラスウナギの肌透かしたり

一瞬の明るさを過ぐ助手席の窓に映れるミモザひとむら

うすぐれを溶けあう紫紺の藤のふさ夜の奥へと分け入るように

放縦な弧

ばらの棘抜けないままの指さきが激しく打ち込む会議の資料

誘われし〈涙活《るいかつ》〉会場ロビーには華やぐ女十人ほどが

泣くための意気込みを見す取り出したハンカチたたみ直す女ら

乾きゆく仔鹿の骨と母鹿のズームアップに泣く声ふかし

泣き終えた女の後ろを濡らしたる雨なりわれは泣けざるままに

天上の花は重さにたえられず泪を零《ふ》らす六月の朴

花嫁が投げたブーケは放縦な弧をえがきつつこの手に落ちる

あちこちに棘を引っ掛け伸びてゆく野ばらか君はわれの裡にも

ゆらめく

せばまりてゆく茜空鳥影がつかのま光の点綴《てんてつ》となる

結束の共同体より夜を解かれ吟《さまよ》う地下のくすむ明るさ

たまかぎるほのかにかたりあう蛍ひとすじゆらめくわれのめぐりを

みずからの魂を追う眼差しで母がみていた小川のほたる

蒼然と藤のはなぶさ返り咲く言い足らざりしことなどありて

紺色の傘の内がわ結び合う綺羅星われらの空にあまねし

真夜ゆらぐ水面に厚き鯉の口言い得ぬままにしずもりゆくも

夜の明けを待たず東の空へ翔《た》つ鷺のつばさの裏蒼かりき

遺された宇宙

亡き父は満天星《どうだんつつじ》に変わりしか母のスマホの待ち受け画面

機械式腕時計のなか遺された宇宙が絡みあう精密に

左目に小暗き笑みをうかべいるクロコダイルが父のシャツに棲む

速からぬわれのクロール息継ぎを右でできぬは父譲りなり

マンボウの擬死こそ学べ海底へうつつなる身を眠らすならば

幾歳月書かざるゆえに父の名の漢字二文字を迷うおかしさ

ただ一度父と旅せし京にかの日と変わらざる〈長五郎餅〉

かるがると塀より向こうの世界へと不明瞭なる猫の声消ゆ

かたちよき灰

〈ラ〉が強く男の舌に弾かれてラベンダーの香の色濃くたてり

鈍《にび》色の梅雨の晴れ間をコンビニの灰皿囲む女の昼は

動かずもコンクリートの壁に殻太らせてゆく蝸牛おり

日曜にたまった洗濯するあいだすすぎきれない出来事話す

まだ青き房の葡萄を種無しにするジベ液がはつ夏に沁む

いねぎわの胸に花びら散り敷きぬ薔薇の香りの蚊遣り香たく

かつて見し潮《うしお》の彩の因島《いんのしま》段々畑の白き除虫菊

渦巻ける夏の追憶かたちよき灰となりたり蚊取り線香

緑蔭の廊

朝なさな無数に死せる黄みどりのちいさな虫をベランダに掃く

アーモンドチョコが転がる人界の外へたそがれどきの訃報に

緑蔭のつめたき廊下を死者生者異なるながさにわたる御影堂

水銀の柱と月の照りあいて夏の微熱を眠られずいる

天窓を鳴らすみじかき嘴《くちばし》のうちにいかなる言葉持ちしか

オアシスを求めさまよう旅人は渇いた風の韻律をきく

いくばくか泪をこぼす沙に咲く花は幾歳雨を待ちいん

再生の祈りに飾るさ緑の縁どりのある枯骸《ミイラ》のマスク

よろこびのひと滴知る味噌汁にグリーンレモンを絞る朝《あした》の

東京方眼図

見はるかす山の名ひとつも知らずして新しき地に夏雲ゆけり

雑草《あらくさ》の赤坂見附跡を吹く風がゆさぶり起こす朝顔

鷗外の〈東京方眼図〉に歩く最短距離にこだわらざれば

一瞬のミで途切れたる蟬のこえ降り出す雨をくちびるがきく

信号を待つかたわらで布教する女《ひと》は哀調おびたる声に

西向きの部屋の夕影荷をほどくわれらをしだいに無口にさせる

しろがねのハンドル、サドル二つある自転車海岸沿いを走れり

ゆるやかに告ぐ

抱き上げし小ぶりのすいかの心地よさ男の頭を包みこみたし

君が置くカゴの小玉はゆれやまず愛のベクトル振り子のように

くちづけはしゃぼん玉よりはかなかりこの球体の底方《そこい》のまじわり

あの星に住もうと君の覗きいし望遠鏡の倍率を下ぐ

一秒をきざまぬ振り子の鳩時計正しき刻をゆるやかに告ぐ

こともなげに夏の頂点崩しいつ赤き氷のとがれるところ

白樺のこずえのさきに七月の金星近し駆けだしてみる

行くほどに細長くなる屋台村〈素揚げのゆり根〉の貼り紙靡く

まひるまをひとりたのしむ韓国酒《マッコリ》の甕の底よりにごりを返す

琥珀の熱

まなかいに垂れくる蜘蛛の糸ながし闇よりわれを見おろせる者

褐色の翼鏡《よくきょう》刻む鳳凰の硬貨一枚握りしめいつ

指の骨欠けた阿修羅のゆびさきを痛切にして胸内におく

照りつける西日の舗道に動かざるムカデが地表の紋章となる

深淵へ流れこむ音マンホール旅立つ朝の雨のゆくえは

飴細工　琥珀の熱を黄金の尾びれに変えておよぐ晩夏を

黒目がちのひとの眸が夕翳る遠浅の海の向こうを見据えて

それぞれの水平線にしずむ日が刹那に見せるひかりの道を

巻き貝の螺旋の尖《さき》のその先を辿れずふたりの夏を逝かしむ

あとがき

短歌を始めて七年が経とうとしています。大阪で専門誌の編集業務に十年近く携わり、その後東京でフリーの編集者をしていた頃、図書館で短歌の月刊誌と出合いました。三十首、五十首の連作が小説以上に力強い表現力をもつことを知り、惹かれていったのです。

初めて歌を作ったのは、冷たい雨があがった朝でした。東京で知り合いもなく、誰とも話をしないそんな日々の孤独を、詠むことで紛らわせていました。

ほどなくして大阪へ戻ると歌の勉強がしたくなり、二〇一一年の秋に三十代半ばで「まひる野」へ入会しました。正直、「結社」という言葉に重い印象をもっており、抵抗がありました。どこかに所属しなくても、歌はひとりでも詠めます。ネット上に発表して、書き込まれた評などから推敲し、歌を高めてゆくこともできたのかもしれません。

ですが歌会に参加してみて、近畿支部の方がたのこころあたたまる歌評や毎月戻ってくる橋本喜典先生からの濃やかな添削などに接するうち、自分本位の詠み方では伝えたいことが何も伝わらないとわかりました。そして回を重ねるごとに、自分の歌の評を幅広い年代の方から直接うかがえるのは財産だと、思うようになったのです。

その後、名古屋支部の歌会へも参加し、島田修三先生のご指導にも新たな刺激を受けました。

二〇一六年には、まひる野賞を受賞し、篠弘先生、大下一真先生、ならびに選考委員の先生方からいただいた歌評は、今も大きな励みとなっています。また同年、第七回中城ふみ子賞も受賞し、選考委員の時田則雄先生からは、折に触れ早く歌集を出すようにと、背中を押していただいていました。

この第一歌集では、これまで迷い過ぎてきた日々を詠んでいます。歌は苦しみや哀しみのすべてを救ってくれるものではありませんが、救われた心の欠片《かけら》は美しいものです。私は散らばったそれらをひとつひとつ拾い集め、今日まで積み重ねてきたように思います。そうすることで見落としてしまいがちな日常の耀きに気づくことができました。

子どもの頃から大切な日はよく雨に降られていた記憶があります。雨は好きではありませんが、晴れ間を待つ心境は好きです。そんな思いから、タイトルに「雨」を用いました。雨上がりの日差しのように、読んでくださった方がたへもわずかな光が降りそそげば幸いです。
最後に、「まひる野」の先生方、先輩歌人、歌友、そして多くのアドバイスをくださった加藤孝男先生に心より感謝申し上げます。出版にあたって短歌研究社の編集長國兼秀二様、菊池洋美様に大変お世話になりましたことを御礼申し上げます。

田村ふみ乃

二〇一八年　三月

検印
省略

まひる野叢書第三五四篇

平成三十年四月十五日　印刷発行

歌集　ティーバッグの雨《あめ》

定価　本体二六〇〇円（税別）

著者　田《た》村《むら》ふみ乃《の》
郵便番号五六五―〇八〇二
大阪府吹田市青葉丘南八番〇―五〇八

発行者　國兼秀二
発行所　短歌研究社
郵便番号一一二―〇〇一三
東京都文京区音羽一―一七―一四　音羽YKビル
電話〇三（三九四四）四八二二・四八三三
振替〇〇一九〇―九―二四三七五番
印刷者　豊国印刷
製本者　牧製本

ISBN 978-4-86272-574-5　C0092　¥2600E